J'abrite un secret

J'abrite un secret est le cent quatre-vingt-septième ouvrage publié par les Éditions Bruno Doucey

Éditions Bruno Doucey
Cour d'Alsace-Lorraine
67, rue de Reuilly
75012 Paris
www.editions-brunodoucey.com

ISBN : 978-2-36229-371-9

Nawel Ben Kraïem

J'abrite un secret

Éditions Bruno Doucey

N B K

Non
a
w
e
l

Bonheur
e
n

Kif
r
a
ï
e
m

Paris… pardi !
Paradis sous parapluie
Battement d'ailes en parallèle
Perspective que l'on survive

N

N comme NON
N comme haine
Du N de Norme
Ou bien du B
Quand il est Borgne
Quand il est Borne
Et à l'envers
Se lit « en robe »
Robe d'espoir
Borne du soir
Quand il fait jour
Qu'on nous dit
NON
Non reste au lit
Et c'est la nuit l'après-midi
Non se lit Non
Non reste Non
Non à l'endroit
Non à l'envers
Non !
Non qui nous sonne
Et qui nous donne
Le son du nom
Je retourne le NON
Il reste NON

Un Nom pour Nous
Un Non profond
Pro Non Pro Nous
Pro NOM pour Nous
Mon nom pour vous

B

B comme Bonheur
B comme Brouillon
B comme Bouillon

Bouillon de Bonheur

J'ai cherché en mon fils
s'il y avait une serrure
J'ai cherché en moi-même
sous mes couvertures
J'ai cherché dans mon bled
après la dictature
Mais il n'apparaît pas quand on le cherche trop
Le bonheur se suspend aux arbres des préaux
Seuls les enfants futés parviennent à l'attraper
entre deux ennuis et sur la pointe des pieds…

Entre deux ennuis…
la nuit j'entends B… B…
comme Bonheur

K

K comme Kif
Et même Kif-kif
Loin du Képi qui nous épie
Ou du Khâgneux qui donne des coups
À nous les K comme Koalas
À nous qui ne les rendrons pas
Parce que nous sommes déjà K.O.
Et que le monde est trop Kaki
Qu'on voudrait juste un petit Kawa
Prendre le temps de rester coi
Se faire un petit Kif
Faire les Kékés
Loin des Keufs et du K K K

J'ai perdu mes carnets

J’ai perdu mes carnets

J’ai perdu mes carnets
J’ai perdu mon cadenas
J’ai peur pour mes secrets
Je ne me sens plus chez moi
J’ai la tête entrouverte
Le souffle raturé
Je suis seule près des mots
Et du jardin d’été
Pourtant il y fait froid
Pourtant il y fait gris
Pourtant il y fait nuit
En plein après-midi

Tabou

Tabou tout bas
Bouée dans la boue
Tabou tout bas
Papa est en haut
Qui ne verra pas
Tu resteras toi
Avec tes mystères
Tu réécriras
Tes propres repères
Tu réécriras
Tes sales repaires
Personne ne protège
Personne ne ménage
Il y a un manège
Pour les enfants sages
Mais moi je suis l'enfant
À la mélancolie
Moi je suis l'enfant
Au couffin qu'on oublie
Moi je suis l'enfant
Qui a mal dans son lit
Je cours peur au ventre
De jour comme de nuit
Je parle tout bas
D'une voix qui m'échappe

D'une voix qui trahit
Les tabous et les cris
Tout bas
La boue
La bouée
Pour tabou

Vive le vent

Je m'en remets au vent
Qui s'en remet à moi
Qu'il souffle qu'il souffle pas
Je ne m'en remets pas
Que j'souffre que j'souffre pas
Je rêve de chiens méchants
Qui ne le sont pas
Mais dont je me défends
Parce que c'est comme ça
Je n'ai plus l'habitude
De me la couler douce
Moi j'ai coulé tout court
Il y a eu trop de secousses
La roue ne tourne pas
Puisque le vent n'aide pas
Il est bloqué en moi
Comme un souffle au cœur
Dont je ne me remets pas

Se fendre et se défendre

Mon pied est fendu
J'ai levé le poing
Mon poing est tendu
J'ai levé le pied
Montrer ses fêlures
C'était défendu
Fallait les cacher
Ça m'cassait les pieds
Ce qui ne tue pas
Rend plus mûr c'est sûr
Ne rend pas plus fort
Pensais-je au pied du mur
Penser Penser Panser
Les plaies et les plis
Et voir de l'éclat
Dans toutes ces fractures
Elles qui donnent du poids
À nos choix à nos joies
Et bla-bla et bla-bla

Le froid

La nuit le temps m'échappe
Et file entre mes doigts
C'est un froid sans écharpe
Mes manques ne chauffent pas
Un verre à moitié vide
Qui ne se remplira pas
Et même si les espoirs
Ne le voient pas comme ça
Mon cœur sait qu'il a soif
Et qu'il ne boira pas
Parce que c'est trop tard
Que ça vient de trop bas
Les bleus sont sur mon âme
Et sur ma bouche froide
Qui a manqué de baisers
De cette drôle de dame
Qui était une mère
Au lieu d'être une maman
Qui voulait si bien faire
Au lieu d'être simplement
Comme rien n'était fluide
Je croyais lui faire peur
J'ai cru porter malheur
Et mériter ce vide
Mais qui mérite le vide ?

Qui mérite le froid ?
Qui mérite qu'une mère ne le réchauffe pas ?

Réparer le cordon

Ma maison de famille n'est pas accueillante
Dans la maison des autres je dois être souriante
J'en ai marre d'être polie
De me couper en quatre
Il me faut un bout de lit
Un cordon
Un nombril
Pour que je me relie
Pour ne faire plus qu'une
Pour ne pas rentrer seule
Pour rentrer avec moi
Ma maison de famille n'est pas accueillante
Dans la maison des autres je dois être souriante
Il me faut un cordon
Il me faut un cocon

Clous

Ceux qui sont dans les clous
Tendus comme des photos
Ceux qui sont dans les clous
Debout comme des poteaux
Des tiges dans les genoux
Pour ne pas trop se tordre
Pour ne pas trop se mordre
Pour ne pas trop se voir
Pour ne pas trop s'avoir
Pour ne pas trop savoir
À force de sécher
Ils ne sueront jamais
À force de presser
Ils ne m'entendent jamais
Mon clou est dans mon cœur
Qui bat comme un marteau
Qui bat comme un piqueur
Qui bat comme un voleur
Voleur de pleine lune

Saute, mon humeur

Nos sautes d'humeur
À force de sautiller
Ont brisé les volets
Et l'air s'est échappé
Nos sautes d'humeur
Nous connaissent par cœur
Et sautent à pieds joints
Dans ce qui nous fait peur
Pour que l'on affronte
Sans livres
Sans professeurs
Nos chagrins rebelles
Nos oiseaux de malheur
Qui chantent à l'intérieur
Ce chant-là est sacré
Un peu barricadé
On peut y accéder
Les téléphones éteints
Et l'esprit allumé
Nos sautes d'humeur
À force de sautiller
Ont brisé les volets
Et l'air s'est échappé
C'est un chant sacré
Pour qui sait l'écouter

Et se laisser guider
Par ce qui a sauté

Mon drame est...

Absorbant aimantant
Comme la neige sur le banc
On ne parle de rien d'autre
Comme quand il neige sur le banc
Voix blanche hypnotisante
Comme la neige sur le banc
C'est le drame d'une dame
Qui porte sa plainte sur le banc
C'est la rime du crime
Qui pose sa peine sur le banc
Enveloppant tout ce qui reste
Comme la neige sur le banc

Mon drame est cette peine, reine
sur ce banc en neige
portant une plainte qui traîne sa traîne...

Mon drame est Reine des Neiges

Idir

Passeur de rêves
Passeur de rives
Tu as semé toutes ces graines
De bontés et de beautés
De langues secrètes
De langues sacrées
Tous les rêveurs
À la dérive
Sous cette pluie
Cherchent un abri
Une maison bleue
Un parapluie
Passeur de rêves
Passeur de rives
Tu es l'étoile de notre enfance
Son poème et sa cadence

Le compliment accompli

Les compliments arrosent mon corps du dehors
Les vieilles traces de menaces
Au-dedans sont coriaces
Vautrée dans mes angoisses
Dans ma campagne intérieure
La compagne de mon ventre est la peur
Reste de terreur et zeste de malheur
Racines nourries aux pleurs
Et aux ruelles pleines d'hommes
Qui m'regardent plus que mes sœurs
Ça fout la honte à mon père
Ça fout l'envie à ma mère
Et à moi ça m'isole
Pas de frère ni de bol
De là-bas jusqu'ici
En moi à l'infini
Les compliments arrosent mon corps du dehors
Soleil arroseur
Soigne mes malheurs
Tendresse infinie
Caresse l'incompris
Sommeil intérieur
Regard de la mer
Ou bien de la mère
Regard des profondeurs

Entre dans mon ventre
Compliment du dedans
Pour mon accomplissement

Yeux clos

Quand je ferme les yeux
Quand je courbe le dos
Comme l'ombre sous la colonne
Ou sous le tapis
Ou derrière la terrasse
Quand je ferme les yeux
Quand je courbe les os
Comme le lionceau sous la lionne
Ou sous la moustiquaire
Ou derrière la mosquée
Quand je ferme les yeux
Ma mère redevient mère
Et la mer n'est pas bleue
Il n'y a pas de lumière
Mais il y a de l'amour
Et un lever du jour

Le fin fil de soi

Tout est aussi incertain
Qu'un fil de soie très fin…
On ne distingue rien
Du soir ou du matin
L'intuition en cinq trains
Doigts de main dépareillés
Sur bras gauche et tourmenté
D'une Fatma écartelée
Je ne sais pas ce qui m'effraie
Que l'aventure ait une fin
Ou bien qu'elle ait commencé
Dis, quand pourrai-je le tirer
Ce fin fil de mais en mai
Corde à linge ou à sauter
Qui débuterait sans arrêt
Qui porterait sans trembler…
Tout est aussi incertain
Qu'un fil de soi très fin
Qu'un cil de foi très fin

Nouvelle ancre

On vient du pays de ses enfances
Sans revenir de ses absences
De l'encre coule des souvenirs
Ceux du cancre sans avenir
L'encre l'aide à devenir
Ancre neuve pour repartir

À l'intérieur coule la mer

À l'intérieur coule la mer

Tandis qu'il pleut depuis hier
Je prends un café au Wepler
À l'intérieur coule la mer
Je bois les clichés de place Clichy
Des hommes en selfies de couleur
Assis comme des photographies
D'un bleu pétrole d'un bleu d'ailleurs
À l'intérieur coule la mer
Je sillonne Tunis et Sfax
Je suis libre comme Lyes ou Max
À l'intérieur coule la Garonne
L'accent de la daronne chantonne
Et mes deux sud y fusionnent
Va voir si je n'y suis pas
Couchée sous mes fantômes à moi
Tandis qu'il pleut depuis hier
Je m'écroule près de la cafetière
À l'intérieur coule l'amer
Je m'y enroule à l'envers
Je cours là-bas chez mes grands-mères
Ou bien là-haut chez mes grands-pères
Je prends un café au Wepler
Je suis libre comme Max et l'air
Comme Mokhtar et un désert
Dans lesquels coulerait la mer

Labyrinthe

Paris – Tunis
Tunis – Paris
Salut Tunis
Salut Paris
Il paraît que tu nies
La ville où tu es née
Tu as sali ton nid
Et le salaud t'a pris
Paris par où
Mépris te pourrit
Tunis Tunnel
Ta noce et tes bretelles
Il paraît que tu paries
Que tu renais dans Paris
Tunis – Paris
Paris – Tunis
Tu n'y vois plus très clair
Tu n'ris plus dans les rues
Tuerie de tes pas nus
Turis Panis
Panus Turis
Tunis – Paris
Paris – Tunis
Il paraît que tu pries
Pour renaître pardi

Les deux mers

La mer a deux couleurs
Quand c'est plus profond
Elle sait se froncer
D'un bleu de marin
Pas tellement marrant
Qui tait sa douleur
Et tous les secrets
Cris de l'intérieur
Quand c'est plus léger
Pour que les touristes
Ne soient pas si tristes
Elle crée du turquoise
Et efface l'ardoise
Mais au fond on sait
Que l'ardoise est salée
Dans le fond foncé
Où l'on a perdu pied

Solitude

J'ai choisi
J'ai choisi de m'arrêter
J'ai choisi de m'arpenter
J'ai choisi entre deux plis
De défroisser les envies
Tendre l'oreille à l'abri
Tendre à la tendresse aussi
Et de m'asseoir en repli
J'ai choisi de me taire
Me suspendre entre deux terres
Convalescence dans l'atmosphère
Processus intermédiaire
Je ne serai plus jamais celle
Je ne serai plus jamais si
Je serai de passage
Pour humer les paysages
J'ai choisi de m'arrêter
De dessiner un pays
De défroisser mon corsage
D'asseoir le cœur à l'abri
J'ai choisi de m'arrêter
J'ai choisi de m'arpenter
J'ai choisi de m'asseoir
J'ai choisi de m'avoir
J'ai choisi

Ville ventre

Après la tempête
Il reste quoi de la ville
Il reste quoi de moi
Il reste ce qui me broie
Et mon ventre qui aboie
Cette violence que l'on boit
Assis sur un bout de bois
Il reste ces bouts de cris
rentrés dans mes écrits
Comme des coups dans mon corps
Comme des leurres sans couleurs
Couleuvres sans couverture
Sans couvercle sans verdure
De l'angoisse sans violons
De la bagarre sans vainqueur
Sans art martial et sans cœur
Sans soignant sans sans sans
Après la tempête
Il reste quoi de la ville
Il reste quoi de moi
Quelques luminaires qui résistent
Quelques lumières qui persistent
Et mon ventre qui aboie

Mon ventre sait

Mon ventre a ses rancunes
Et ses émotions
Mon ventre est une dune
Qui a ses raisons
Sable fin, lagune
De mes illusions
Mon ventre, nouvelle lune
Perçoit les saisons
Mon ventre, tribune
Poursuit l'évasion
Moi je ne suis qu'une
Il est un million

La danseuse

Cette danseuse enceinte
Emprunte à la mort
Ce qu'elle éteint d'abord
Pour embrasser les ombres
Et tuer les sanglots
Car ils sont bien trop gros
Grêlons globuleux
Ils empêchent la danse
De faire ce qu'elle sait faire
Elle aimerait se baigner
Et sentir les sanglots
Partir loin vers la paix
Prendre comme on dit le large
Suivre le courant d'eau
Pour qu'elle retrouve son air
Et ses poumons d'hier
Que son bébé sourie
Dans son ventre gris

La marée monte

La marée monte
Montée de lait
Mariée
Mère salée
Esseulée
Essorée
Radieuse
Ridée
Radeau
Sauvée
Berceuse
Bercée
Par les vagues
Et les cahiers
Percée
du rayon
et du crayon
Ensoleillé
Shems

Sans barbelés
(barbe et lait)

J'étais couchée
Et attachée
Par une luciole
À mes bébés
J'étais touchée
Par leurs bobos
Ils chuchotaient
Et je chantais
Barbe et lait
Toute tachée
Bien attachée
Sans barbelés
À mes bébés

Un matin

Les temps morts sont en vie
Le silence souhaite rentrer
Il y a un peu de mépris
Et des mots évanouis
Qui flottent aux coins du lit

Le chat la guitare et l'enfant

Le chat surplombe la ville en souriant
Rouge intuitif et nonchalant
Il regarde les embranchements
Cette rue est un bouquet d'encens
Fleurs d'ombres et de lumières par terre
Un guitariste dans un coin d'air
Couche sa guitare sur ses genoux
Comme un enfant qu'il caresse devant nous
Avec l'enfant il nous transperce
Nous envoie signes et flèches
Voilà que l'on s'arrête
Le temps poursuit sa quête
Le chat la guitare et l'enfant nous guettent
Et nous repartons différents
Et nous repartons pour de bon
Et nous repartons bons bons

La vérité

La vérité est bonne à voir
La vérité est sans espoir
La vérité défie le soir
On lui fait des courbures
On lui fait des cambrures
On lui tricote des armures
Des armatures et du pipeau
Et les moutons deviennent agneaux
Pour du gigot à tête de veau
Menteur sait faire
Les bonnes manières
Menteur sait taire
Menteur sévère
La vérité est souvent vache
La vérité elle te cravache
Pas de nœud pap' ni de cravate
La vérité te met à terre
La vérité te récupère
La vérité est bonne à voir
Paire de lunettes pour vision nette
Met en lumière et jette les pierres
Elle réunit paires et pères
Fait exploser les atmosphères
Des mensongères et des vipères
Des barrières et des verrières

Des langues fourbes
Des langues qui fourchent
La vérité est isoloir
La vérité est territoire
La vérité est bonne à voir

Héritage

Comme le monde est étroit
En dehors de mon ventre
Comme le monde est étroit
En dehors de mon lit
J'entends crier des vies
Qui sont des embryons
Et qui deviendront Elle
Ou qui deviendront Lui
Comme le monde est étroit
En dehors de mon ventre
Comme le monde est étroit
En dehors de mon lit
J'entends crier des vies
Qui ne savent pas encore
Si elles deviendront elles
Si elles deviendront lui
Et si c'est Elles alors
Le monde leur apprendra
À douter de leurs cris
À douter de leurs pas
À murer leur amour
À se couper en deux
Pourtant elles ont deux jambes
Pourtant elles ont deux bras
Pourtant elles ont deux ailes

Mais ne voleront pas
Elles voleront leurs droits
Partiront de plus bas
Partiront au combat
N'atteignant jamais ce
Qu'obtiendrait ici-bas
Celui que hors du ventre
On nommerait Lui
Comme le monde est étroit
En dehors de mon ventre
Comme le monde est étroit
En dehors de mon lit
Comme nous étions heureux
Divins et lumineux
Souffles embryonnaires
Avant d'être elle ou lui
Avant d'être dans un monde
Qui nous coupa en deux
Comme le droit est étroit
S'il oublie ce qu'il doit
À nos ventres à nos lits
Et aux cris de la vie

Secret

J'abrite un secret
Il m'embarque dans son temps
Il m'embarque dans son temple
Pourtant je suis le corps
Pourtant je suis le temple
Je suis le portant
Le portant la portante
La portante le pourtant
J'essaie de ne pas céder
Aux mille et un vents
Pénétrant ma maison
Aux mille et une pensées
Les ancestrales
Les astrales
Les désastreuses
Les désolantes
Portant pourtant le temps
Et la cachette précieuse
Tantôt j'en rigole
Tantôt je m'affole
Tantôt je dégringole
C'est un ouragan
C'est un ours sans gants
Qui gronde et qui grandit
Grave gros arrondi

Ronron de la vie
C'est rond c'est merci
C'est gras c'est gratitude
Au-delà de l'altitude
Et dans mon attitude
La grâce me trahit
Le divin est ici
Lové dans chaque mot
Lové dans chaque moi
Lové pour quelques mois
J'abrite un secret
Qui m'abrite un peu moi

Loin d'ici

Un bol d'air
Pour les balles dures
Une bulle d'or
Et des parures
Un bol d'air
Pour et pur
Loin d'ici
Loin des ordures
Loin d'ici
Ça me soulage
Loin d'ici
Je n'ai plus l'âge
De suffoquer
Sous les quais
De suffoquer
Sous les corsages
D'étouffer
Sous les corps sages
Un bol d'air
Ça rend malin
Un bol d'air
Ça rend marin
Et je vous rends
Tous vos ratages
Et je vous rends

Tous vos ravages
Loin d'ici
Ça me soulage
Loin d'ici et sous les âges

Identité
(Me dire à qui m'entend)

Les secrets sont si lents
À nous parvenir
J'ai toujours parlé vite
Et n'ai pas su te dire…
Tu m'as dit aujourd'hui
Que je peux faire du bruit
Tu m'as dit aujourd'hui
Qu'il me reste un peu de place
Comment ne pas la prendre
Et m'en émerveiller
Comme d'un secret sans fin
Qui aurait tous les droits
Celui d'être transparent
Et opaque à la fois ?
Comment ne pas renaître
Quand on porte sur moi
Une oreille qui m'entend
Un œil bleu qui me voit ?
Tu m'as dit aujourd'hui
Qu'il me reste un peu de place
Tu m'as dit aujourd'hui
Que je peux faire du bruit
Les secrets sont si lents
À nous parvenir

J'ai toujours parlé vite
J'apprendrai à me dire
À l'œil bleu qui m'attend
Au pays qui m'entend

Monde(s)

Mon monde est un homme
Aux cheveux blancs
Petit pays
Assis sur un volcan
Qui rêve d'anges
Et qui vit sans

Comme un étranger

Je dois avancer
Mais de quel côté ?
Les épines aux pieds
Le rêve éclaté
Comme un étranger
À l'accent tué
Les rideaux ouverts
Sur une scène fermée
Jonchée de sacs vides
Et de rôles échoués
De chants sans public
Et sans origine
Je dois avancer
Mais de quel côté ?
Les pieds pleins d'épines
Le rêve accentué
Comme un étranger

Le poème aux trois dialectes

Un poème m'a écrit
Très tard dans la nuit
Avec des gros mots
Et des mots gratuits
Avec des intentions
Qui explorent les conflits
Et les traduisent aussi
Il a tapé du poing contre sa tête
Il a enlevé ses baskets
Il portait des chaussettes en dentelle
Une jupe taille haute assez belle
Comme si on lui remontait les bretelles
Il sentait la révolte
Et l'air désinvolte
Certains l'auraient dit folle
Moi j'aurais dit boussole
Mal dans ses baskets
Bien dans ses chaussettes
Je restais là muette
Face à ses galipettes
Poème aux trois dialectes
Croustillant et croyant
Énervé et patient
Tout ça en même temps
Il était fascinant

La ville et la liberté

La ville de la liberté
Pourtant nous ne sommes pas libres
La ville de la liberté
Pourtant elle n'est pas vile
C'est un rythme ou un lieu ou un point sur la carte
Un point de rendez-vous pour les amants et le bonheur
La ville du bonheur
Mais les amants ne sont pas à l'heure
Ils ont autre chose à penser
Qu'au rythme de la montre
Ils ont autre chose à montrer que tout ce qui se démontre
Ils ont une ville à inventer
Et la liberté à créer

Voyages

On a nos cœurs et nos épaules
Pour cramer la vie comme une école
Dont on n'aurait rien appris
On a brûlé une illusion
Puis une deuxième puis une millième
Et on creuse le sillon
Et on se tourne vers demain
Avec un hier déjà si lourd
Et un ailleurs déjà si sourd
Qu'ils embrument les pourtours
C'est un voyage qui nous dévie
C'est un voyage sans répit
Voyage opaque de la vie
Voyage quand même voyage tant pis

Vertige

Évanouie du dedans
Vertige et masque blanc
Je me tiens debout
Pour te conter
Je me tiens debout
Pour te rencontrer
Je me tiens debout
Pour réveiller
Les vestiges de nos cœurs blancs
Évanouie du dedans
Vertige et masque blanc
Je me tiens debout
Je me tiens débat
Je me tiens à toi
Pour me tenir moi

C'est la fin

La rupture
La coupure
Je suis au sol mains sur le visage ventre éventré à supplier
C'est la fin
La bouture
La couture
Je suis au sol il n'y a plus personne je ne suis pas morte
C'est le début
La voiture
La doublure
Nouvelle route main sur les hanches je me déhanche
Pervenche

Points de vies

Points de vies
(et points virgules)

Orient caché
Orient taché
Nos points de vue
Sont vos virgules
Et vous trouvez
Trouez nos bulles…
Orient gâché
Papiers mâchés
Orient lâché
Papiers crachés
Et points de vies
Désorientées

Le bal masqué

Je me suis cachée
Au cœur du palmier
Je me suis confiée
Au chœur de la cité
Elle m'a écoutée
Sans me retrouver
L'écho était beau
Mais un peu masqué
Par une armée d'idiots
Et leurs perroquets

Cons forts et réconfort

Il nous faudra danser
Sur un pied compensé
Dans une zone confort
Zone de réconfort
Un pas sur le côté
Pour se protéger
Et pour compenser
Nos zéros héros
Et nos réseaux rasés...
Un pas sur le côté
Pour pouvoir zoner
Penser et danser
Sur n'importe quel pied...
Besoin de réconfort
Quand la danse est menée
Par des cons qui devraient
Être mis à pied
Mais qui resteront forts
Qui resteront cons
Dans leurs trop grands souliers
Qui semblent si confort...
Les cons parlent trop fort
Besoin de réconfort...

Sorcière du nord

Il y a au nord le ciel étroit
Et cette drôle de sorcière
Qui se nourrit de nos misères
Il y a là le rose aux lèvres
Et nos petits sourires mièvres
Qui travaillent jusqu'à la fièvre
Il y a au nord le ciel étroit
Le ciel pollué
Le ciel couvert
Décor en grève
De corps sans sève
Avec la peur comme une boue
Qui nous empêche d'être debout
De quitter le bras de fer
Le pull-over et le calvaire
De ne pas joindre les deux bouts
À cause de la drôle de sorcière
Il y a au sud le ciel ouvert
Qui met du rose aux joues l'hiver
Sous la lumière de Tunisie
La peau rayonne le cœur aussi
La sorcière sait moins bien faire
Avec cette partie de la Terre

L'en vie euse

Un jour sur deux
J'en ai plein le dos
Des envies d'elles
Des envies d'eux
Un jour sous l'eau
Je jette les dés
Pour mes vieux os
Pour mes envieuses
Ces parties de moi
Tristes et pluvieuses
Qui se comparent
Se sentent des tares
Se sentent en retard
Avant le départ
L'autre jour des deux
Je suis l'heureuse
Sans trait d'envies
Mais très en vie
L'autre jour sans eux
Je suis chanceuse
Cette chanteuse
À l'air chipie

Le dangereux pont

Il y a des fissures sur le pont que nous construisons
Le plancher est froissé
Les langues émiettées
Les miroirs déformés
Silhouettes et décisions
Froncent les sourcils
De nos intentions
Il y a de mauvais yeux
Et des mauvaises langues
Et des fissures c'est sûr
Et puis c'est un pont
Et il y aura toujours
D'un côté le vide
Et sa contagion
D'un côté le vide
D'un autre les cons

Sans camisole

Je m'isole
Sans camisole
Mes mots collés à la console
Je dégringole
Je m'affole
C'est physique
C'est rempli de tics
C'est impoli
Et politique

Le feu sacré

Je me suis emportée
Dans la contre-allée
À contre-courant
De l'électricité
Je me suis emportée
Dans la nuit voilée
À contre-courant
Des opportunités
Je me suis emportée
Ça m'a allumée
Comme pour éclairer
Quelques aveuglés
Je me suis emportée
Et ça m'a portée
Plus chaud et plus loin
Que si j'avais éteint
Le feu sage et sain

Explosion et leçon à l'unisson

Il y a trop de paramètres
Et pas assez de paravents
Pour fermer les yeux vraiment
Toutes les fenêtres sont ouvertes
Et le cœur fait trop de battements
Pour nous laisser dormir vraiment
Chacun fait ce qu'il peut
De ses ombres de ses passés
De ses passeports de ses passions
Un drame de plus une explosion
Toujours dans la même région
Et l'injustice à l'unisson
Nous dit les fleurs presque mortes
Les tiges sèches et les tensions
Chacun fait ce qu'il peut
De ce qui meurt ou qui reprend
Petit pays comme tu saignes
Sous le port tout tremblotant
Petit cœur comme je t'aime
Avec tes peurs et sans tes dents
Encore vivant et tu sèmes
Des leçons sans paravent

Les recours du cœur

Nous ne sommes pas sans recours
Car nous ne sommes pas sans rancœurs
Nous ne sommes pas sans recours
Car nous ne sommes pas sans cœur
Les mots sont lourds
C'est la douleur
C'est tout ce qu'il reste là
Pour serrer fort dans nos bras
Les colères et les couleurs
Pour se relier au Nous sans peur
Contre celui qui ne voit pas
Toi le sourd, Toi le déni
Toi le poids lourd, Toi la folie
Méfie-toi donc de nos colères
Elles ne sont pas sans recours
Car elles ne sont pas sans cœur

À l'ombre de l'oranger

La fatigue est installée
Et je suis son invitée
Moi qui ne sais pas m'allonger
À l'ombre de l'oranger
Je n'ai pas pu aller au bout
J'ai des ombres jusqu'au cou
Le soleil est incliné
Il y a de l'orage sur mes idées
Elles sont floues elles sont cernées
Orageuses et orangées
La fatigue est bien chez elle
Et je suis son invitée
Moi qui ne sais pas me reposer
À l'ombre de l'oranger

La flamme comprimée

Je cherche la flamme
Adolescente
Qui a mis le feu à ma mèche blanche
Quand mes longs cheveux ont déteint
Un soir de déception
Brûlante
À l'intérieur au fond très loin
L'organe crucial ne va pas bien
Et les médecins ne comprennent rien
À ce bout de moi qui s'éteint
Pour le réveiller chaque matin
Il me faut un feu en comprimé
Sans quoi je suis la déprimée
Vivante sans sève pour poser le pied
Je cherche la flamme adolescente
La cigarette incandescente
Des interdits, de la cavale
Celle qui met le feu aux cordes vocales
Et sur mon souffle un drôle de râle
Hâle de marin
Vers le lointain
Vers le soleil tendre et coquin
Qui se relève chaque matin
Même ceux où je ne ressens rien
Mes matins ont la corde au cou

La corde sale la corde vocale
Au chant viral viral vital
Ils cherchent la flamme adolescente
Les folles étreintes qui enracinent
Les arbres centenaires, les vitamines
Qui poussent qui naissent et qui s'expriment
Ils veulent la flemme adolescente
Les chants les champs que rien ne réprime
Les flammes les femmes que rien ne comprime

Fête secrète

Je voudrais fêter
D'avoir survécu
Une fête secrète
Comme personne n'a su
Les trous dans mes bras
L'anesthésie de la foi
Les émotions violettes
Sous mon vieux survêt'
Je voudrais fêter
D'avoir survécu
Personne ne le saura
Mais ça sentira
Les rires et l'éclat
Jusqu'à Malaga

Pendant la trêve

De quoi demain se défait
Les mains sont tendues
Sous tension
Les nids sont fragiles
Sans maisons
Les rues sont avides
Sans raison
La nuit est nue
Sans passant
La nuit est crue
Sans devant
De quoi demain
Se défait
Nous fêterons
Pendant la trêve
Pendant la crève
Pendant qu'elles rêvent
Les mains sont tendues
Vraiment

La fille du printemps

Je suis née toute nue
À la fin du printemps
Puis y'a eu toutes ces mues
Qui m'ont mis des gants
Lunettes et protections
Je suis née toute seule
À la fin du printemps
Puis y'a eu toutes ces rues
Ces gens ces préventions
Mais j'étais née avant
À la fin du printemps
Qui est la mère du printemps ?
Qui lui a donné ce nom ?
Moi j'oublie mon prénom
J'oublie mes grands soirs
À quoi sert la mémoire ?
À quoi servent les histoires ?
Moi j'oublie tout tout le temps
Ça fait gagner du temps
Le gagner pour quoi faire ?
Regarder le printemps
Regarder le vivant
Le sentir à l'envers
Sans pouvoir faire vraiment
Se sentir impuissante...

Mais si je sens c'est bien
C'est que je suis vivante
Même si j'oublie l'envie
Même si je ne fais rien
Comme si j'étais punie
Comme si j'étais bannie
Pas que moi pas que lui
Nous tous en même temps
Par la mère du printemps
Chacun sa punition
Chacun ses munitions
Chez la mère du printemps

Nous sommes nos trésors

En quête de trésors
Essorés par le sort
Nous sommes la larme à l'intérieur d'une paupière fermée
Projets rangés
Trajets pliés
Nous sommes l'alarme à l'intérieur d'un décor fermé
Régimes rongés
Territoires préoccupés
Nous sommes les âmes à l'intérieur d'une paupière fermée
Corps niés
Tribus séparées
Essorés par le sort
Nous sommes nos larmes nos lames et nos trésors

Paupières fermées

Quand je ferme les yeux
Je sens venir vos mots
Me prendre par la main
Me peindre sous les yeux
Me faire voyager loin
Devenir mon refrain

L'essentiel

Il y a des deuils et des écueils
D'abord les deuils, d'abord l'effroi
Je me recueille et sous mes feuilles
Nuits blanches et décennies noires
Me content les voix qui ne comptent pas
Il y a l'effroi et puis le froid
D'abord les deuils, d'abord l'effroi…
D'abord les deuils et puis le froid
De ne pas les serrer dans mes bras
Avec la foi de ma jeunesse
Même si ce soir elle ne chante pas…
Rassurer ma mamie Paulette
Pour qu'elle n'ait pas peur à la messe
Et pleurer omi Khadija
Qui me dirait n'challah lebess
Et combien NOUS c'est pas ÇA
Mais l'on ne se verra pas
Et les écueils sont déjà là
Je me recueille et sous mes feuilles
Il n'y a que le froid et la peine
Qui chiale à la chaleur humaine
Pourtant la seule bien essentielle
À ces temps sans présentiel
À ces temps sombres et sans ciel

Tendresse

Quand je n'ai plus rien
Il me reste vos ombres
Celles pudiques et sombres
Qui dansent au soleil
Qui picotent mon cœur
Comme un bourdon d'abeille
Butinant les petits riens
La tendresse comme butin
Quand je n'ai plus rien
Il me reste vos parfums
Et l'aurore d'un câlin

Confinée

(De l'allure pour mes murs)

Voilà je me promène
Entre mes quatre murs
Je tente d'élargir
Mes pensées sans allure
De donner des sourires
À mes co-confinés
Plutôt que me cogner
À mon champ de blessures
Celui des frustrations
Et des impatiences
Des condamnations
Et des camps de malchance
Je tente de chanter
Le chant des quatre murs
Le chant de la bravoure
J'entends là son humour
Derrière nos armures
J'entends là son écho
Oui ce n'est pas le seul
Je peux en être sûre
C'est celui des soignés
Ou celui des soignants
Le chant des confinés
Ou bien des confidents

Il y a même les confiants
Qui chantent au même moment
Ça traverse le ciel
Il paraît qu'il respire
L'air est plus pur c'est sûr
Quand tous craignons le pire
Ça chante l'essentiel
Ça peut être le moment
D'envoyer nos prières
Aux oubliés, aux frères
Aux damnés de la terre
À la terre maintenant
Cette mère sans murs
Voilà que je me promène
Entre mes quatre murs
Voilà que je leur emmène
Un petit peu d'allure

Le monde est tombé de si haut

Je voudrais être assez haute pour ne plus vouloir être
à la hauteur
Je voudrais être une fenêtre surplombant le monde
intérieur
Pour ne pas trop m'habituer à la chute et à l'extérieur
Pour ne pas trop m'habituer aux mascarades
et aux nouvelles peurs
Je voudrais être la fenêtre, l'eau salée pour les plaies,
et l'espoir s'il vous plaît
Je voudrais être le plongeur le plongeon et la nageoire
Je voudrais être le plongeur le mouvement et
l'apprentissage
Je voudrais être l'apprenti le sage et le nuage

Hauteur

Je ne vais pas m'en aller
Je n'ai pas les clés
Je ne vais pas m'envoler
Le ciel est fermé
Je ne vais pas le voler
Je suis bien élevée
Je ne vais pas m'envoler
Je suis déjà élevée

L'océan seule

Je suis un océan
Un océan, seule
Que les vagues n'agitent plus
Mes marées ne sont pas franches
Et mon sol est boueux
Je suis un océan
Un mélange violent
De sel et de vent
Sans autre contenant
Qu'une plage seule...
Il y a plein d'océans
Certains ont une plage
D'autres ont du sang
Certains ont des rochers
D'autres des enfants
Chaque océan est seul
Chacun est puissant
Tant qu'il est vivant
Si seulement

Les yeux et les cases

Arrête de me regarder
Car tout ce que ça me fait
C'est de ne plus respirer
Arrête de me regarder
Et ne viens pas me voir
Tu n'y verras rien d'autre
Qu'une enfant qui se noie
Qu'une enfant qui ne sait pas
Supporter les regards
Ni regarder les autres
Laisse-moi dans ma case
Moi qui ne sais pas me caser
Laisse-moi à la mer
Qu'elle m'apprenne à nager
Elle qui ne peut pas couler...
Moi ce que j'aimerais
C'est masquer mes yeux
Pour qu'on ne puisse pas voir
Les courants d'eau violents
Qui coulent jusqu'à ma gorge
À contre-courant
Pour qu'ils coulent tranquilles
Sans qu'on me demande
Ce que les mots étouffent
Sous le masque et les gants

Maktoub
(c'est écrit)

Qui connaît la chanson ?
S'écrit-elle par fragments ?
Quand naissent les tournants ?
Quand meurent les tourments ?
L'homme prie dans le jardin d'enfants
L'enfant chante dans le jargon des grands
Seules les chansons connaissent la chanson…

Ma région (Dour ya bledi...)

Poème chanté

Ma région est sauvage
Elle porte une plaie profonde
Il y a là l'histoire
Et puis tout l'or du monde
Ma région elle est barge
Ma région est en marge
Elle est vieille elle est sage
Elle n'a jamais eu d'âge
Elle est nonchalante elle est allongée
Pendant que les autres courent en régions pressées
Si elle se racontait elle te laisserait des traces
Mais madame est pudique
Elle enfouit ses gifles...
Son oreiller trempé même si les larmes sont maigres
Et les rêves salés
Elle y enfouit ses griffes...
Ma région est sauvage
Elle porte une plaie profonde
Il y a là l'histoire
Et puis tout l'or du monde
Ma région inhibée
Par les zones désertiques
Ma région rétrécie
Par les envies d'ailleurs

Des rêves en parachute
Loin des yeux loin des cœurs
Inaccessibles dans les airs des grands-mères…
Elle n'a pas de tatouages elle a des cicatrices
Et sur ses jambes lourdes des motifs en varice…
Ma région tient debout
Envers et malgré tout
Ma région tient debout
Nous on la tient c'est tout
Ma région est sauvage
Ma région est en marge
Ma région elle est barge
Ma région elle est sage

Pour aller plus loin

Plusieurs poèmes de *J'abrite un secret* ont été mis en musique et ont fait l'objet d'un enregistrement. Retrouvez-les ci-dessous :

Ma région
Poème chanté
https://www.youtube.com/watch?v=5V9u8xlaCnI&feature=youtu.be

À l'intérieur
(qui comprend les trois poèmes suivants :
« À l'intérieur coule la mer » « Yeux clos » et « Voyage »)
https://www.youtube.com/watch?v=1Nv_OHMMXBY&feature=youtu.be

Discographie

Mama Please, avec Cirrus, Iris Music/Harmonia Mundi, 2009.
Navigue, Just for Entertainment, 2016.
Par mon nom, Capitol Records/Universal, 2018.
Délivrance, Nownaw/Pias, 2020.

Remerciements

Nawel Ben Kraïem remercie
Shems
& Nassim

ainsi qu'Emmanuelle Dar Equyem
& Marie Descourtieux

pour le souffle
les portes et les fenêtres, ouvertes et offertes.

Table

Cet ouvrage
a été achevé d'imprimer
le rire aux lèvres
en mars 2021
pour le compte de Bruno Doucey
poète, éditeur de poètes
sur les presses
de Factory B & M

Conception graphique
Dans les villes, Strasbourg

///

Dépôt légal : mai 2021

///

Imprimé en Espagne

Cet ouvrage est imprimé, pour l'intérieur,
sur papier Munken Print Cream 80 g des papeteries Arctic Paper,
dont les usines ont obtenu la certification environnementale ISO 14001
et opèrent conformément aux normes ECF et EMAS.